Jean Felix Nourrisson

De l'idée de matière

Antigonos

Jean Felix Nourrisson

De l'idée de matière

Réimpression inchangée de l'édition originale de 1871.

1ère édition 2024 | ISBN: 978-3-38813-074-3

Antigonos Verlag est une marque de Outlook Verlagsgesellschaft mbH.

Verlag (Éditeur): Outlook Verlag GmbH, Zeilweg 44, 60439 Frankfurt, Deutschland, info@outlook-verlag.de
Vertretungsberechtigt (Représentant autorisé): E. Roepke, Zeilweg 44, 60439 Frankfurt, Deutschland
Druck (Imprimerie): Libri Plureos GmbH, Friedensallee 273, 22763 Hamburg, Deutschland

# DE L'IDÉE DE MATIÈRE.

EXTRAIT   DU   COMPTE-RENDU

De l'Académie des Sciences morales et politiques,

RÉDIGÉ PAR M. CH. VERGÉ, AVOCAT, DOCTEUR EN DROIT,

Sous la direction de M. le Secrétaire perpétuel de l'Académie.

T. XCV.

DE
L'IDÉE
DE MATIÈRE

PAR

NOURRISSON,

· MEMBRE DE L'INSTITUT.

· PARIS

A. DURAND ET PEDONE LAURIEL, LIBRAIRES,
9, RUE CUJAS, 9.

1871.

DE L'IDÉE DE MATIÈRE

L'univers est comme une vaste décoration de théâtre qui éblouit les premiers regards. La magnificence des phénomènes, leur nombre incalculable, leurs combinaisons variées produisent d'abord une espèce d'enchantement. Cependant et bientôt, au milieu de cette immensité ondoyante d'effets, la science distingue un petit nombre de causes qu'elle nomme des propriétés, des affinités, des fonctions, des instincts, des facultés; et suivant qu'elle les étudie, elle s'intitule elle-même les mathématiques, la chimie, la minéralogie, la géologie, la botanique, la zoologie, l'anatomie, la physiologie, la philosophie.

Mais ce n'est là qu'un premier débrouillement. Que signifie effectivement cette merveilleuse diversité de phénomènes, et quel en est le principe? Ces sciences ne sont-elles que les moments, ou, si l'on veut, que les aspects différents d'une science unique? Les effets, dont elles s'appliquent à rechercher les causes, à définir les conditions, à déterminer les lois, et ainsi les êtres mêmes auxquels elles rapportent ces effets comme à leurs sujets, ne sont-ils que des manifestations ou évolutions successives d'un seul et même être appelé matière ? — Ou bien faut-il admettre la division vulgaire de la matière et de l'esprit, qu'autorisent les langues, que dicte le sens commun, que spontanément accepte le genre humain tout entier? Ou mieux encore, y a-t-il un être tel que la matière? La matière ne serait-elle pas une simple abstraction réalisée, dont le concret ne saurait par conséquent se concevoir [sans la préexistence et la présence permanente de ce qui n'est pas matériel, c'est-à-dire sans la préexistence et la présence permanente de l'esprit?

Evidemment, ces questions comprennent tout un monde. Car suivant qu'elles se trouvent résolues dans un sens ou dans un autre, la face des choses est changée. Ces questions se ramènent toutes d'ailleurs à une question unique : qu'est-ce que la matière?

Aussi voyons-nous que c'est là le problème dominant qui a exercé, à l'origine même de la philosophie, la sagacité d'un Thalès, d'un Anaximène, d'un Empédocle, d'un Démocrite, d'un Anaxagore. Et sans doute il serait superflu de s'arrêter ici aux solutions qu'ont bégayées ces premiers et naïfs penseurs. Il est imposssible, au contraire, de ne point rappeler les deux théories capitales, l'une ancienne, l'autre moderne, d'où paraît être venue, par où semble s'être accréditée cette affirmation, que tous les êtres dont l'ensemble constitue l'univers ne sont que les transformations, non pas de plusieurs principes combinés, mais d'un seul et même être appelé matière.

Ce sont les théories d'Aristote et de Descartes. A en croire Aristote, le fond de tous les êtres consiste dans la matière et la privation. Ce qui était pour Platon son maître, le lieu (τόπος, χώρα) l'indéterminé ou le non-être (τὸ ἄπειρον); l'autre, par opposition au même; la haine et la nécessité par opposition à l'intelligence et à l'amour, devient pour le Stagirite la matière première. Suivant Platon, dans l'indéterminé d'où procède le chaos éternel, Dieu délibérément et par bonté introduit l'ordre. C'est également à une influence divine qu'Aristote rapporte la forme qui, déterminant la matière première ou le fond, produit la matière seconde et ses déploiements. Mais si Aristote suppose d'un côté Dieu ou la pensée, de l'autre une matière éternelle, c'est à une influence inconsciente et fatale de la pensée qui est Dieu, qu'il attribue les manifestations successives des énergies que la nature recèle.

Descartes prononce, à son tour, cette parole restée célèbre : « Qu'on me donne la matière et le mouvement, et je ferai le monde ! » En considérant Dieu comme créateur de la matière, comme auteur du mouvement, Descartes enseigne donc que de la matière et du mouvement peut résulter sinon l'esprit, du moins le monde, depuis le ciel jusqu'aux cristaux, jusqu'aux plantes, jusqu'aux animaux, jusqu'au corps même de l'homme, « un monde dans lequel, quoique Dieu n'y mette aucun ordre, on pourra voir toutes les choses tant générales que particulières qui paraissent dans le vrai monde. » De la sorte, la matière une fois créée, « la chiquenaude » ayant une fois imprimé à la matière le mouvement; des déterminations du mouvement que suivent les déterminations de la matière, d'après Descartes, tout provient.

On le remarquera sans peine. Quelles que soient les différences profondes qui séparent leurs théories, Aristote et Descartes se sont néanmoins rencontrés dans cette opinion commune, qu'une force supranaturelle étant donnée, la matière enfante par ses évolutions les variétés de la nature.

De pareils enseignements, et venus de si haut, ne devaient pas être oubliés. A l'exemple d'Aristote, on supprimera la dualité de séries des êtres, la dualité des esprits et des corps. A l'exemple de Descartes, on substituera le mouvement, seul moteur, à un moteur qui produit le mouvement. On retiendra la matière éternelle d'Aristote ; on retiendra le mouvement de Descartes ; et de ces données réunies, de la matière et du mouvement, de la matière mue dans l'espace ou dans le vide, avec le temps ou par le temps, on obtiendra nécessairement tout ce qui est. Car la matière prenant successivement toutes les formes possibles, elle doit finalement en venir par figures et mouvements à réaliser tout ce qu'on imagine. C'est pourquoi il n'y a rien qui n'arrive ; l'impossible est ce qui n'arrive pas ; ce qui arrive est nécessaire.

Tel est le sentiment, qui, souvent professé, se trouve de nouveau reproduit par quelques-uns des représentants les plus autorisés ou les plus bruyants de la science contemporaine. Il est vrai qu'à y regarder avec attention, c'est un Péripatétisme sans Dieu et un Cartésianisme sans âme, que s'efforce, à cette heure, de restaurer une certaine école. Conséquemment, c'est d'Epicure bien plus encore que d'Aristote, et de Hobbes beaucoup plus que de Descartes, que relèvent ceux qui tiennent que tout dans la nature s'accomplit mécaniquement et qu'il n'y a pas de phénomènes qui ne résultent de la matière diversement agitée.

Quoi qu'il en soit, il convient d'examiner ce que vaut en elle-même cette explication actuelle de la genèse des choses, qui, de l'espace ou du vide, du temps, de la matière et du mouvement, prétend tirer l'univers. Le vide, le temps, le mouvement, ne sont-ce pas là trois abstractions entées sur une première abstraction, l'abstraction de la matière ? Le vide, le temps, le mouvement, la matière, ne sont-ce pas là autant d'abstractions réalisées ?

On sait de quelle importance était dans l'ancienne physique l'idée du vide et jusqu'à quel point elle a contribué à en retarder les progrès. Il n'a fallu rien moins que les efforts successifs ou combinés de Galilée, de Torricelli, de Descartes, de Pascal, pour dissiper le préjugé, aujourd'hui fabuleux, qui, transportant au monde des corps les faits du monde moral, empêchait les meilleurs esprits de douter que la nature n'eût horreur du vide. Toutefois ce serait une erreur de croire que l'idée du vide ait été, à partir du xviie siècle, réduite à son sens véritable, et que ce concept n'ait plus conservé, dès lors, que la valeur d'une abstraction. Chose singulière ! c'est l'homme même qui a décidément ruiné, par ses expériences, la vieille théorie du vide, c'est Pascal qui aussi a le plus contribué peut-être à perpétuer, à affermir la fausse notion que d'ordinaire on conçoit du vide. Pascal en effet affirme obstinément que le vide est une réalité. « Après avoir démontré, écrit-il, qu'aucune des matières qui tombent sous nos sens et dont nous avons connaissance, ne remplissent cet espace vide en apparence, mon sentiment sera, jusqu'à ce qu'on m'ait montré l'existence de quelque matière qui le rem-plisse, qu'il est véritablement vide et destitué de toute matière. » Pascal ignorait-il donc qu'il y a des corps qui ne sont point organoleptiques, c'est-à-dire qui ne tombent pas sous nos sens ? Mais vainement un Jésuite, le P. Noël, le presse-t-il de ses objections, soutenant avec raison que le vide préconisé par Pascal est bien près d'être, qu'il n'est même autre chose que le plein du vide. Le superbe jeune homme ne fait que s'irriter de la contra-diction, et (comment ne pas le remarquer en passant ?) c'est ce débat même (1647) qui suscite dans son âme ardente le premier bouillonnement des colères que dix ans plus tard les Provinciales (1656-57) déverseront à pleins bords. Suivant Pascal, « l'espace vide tient le milieu entre la matière et le néant....... Il diffère du néant par ses dimensions; son irrésistance et son immo-bilité le distinguent de la matière. » « Il est vrai, conclut Pascal, qne l'espace n'est ni corps, ni esprit, mais il est espace : ainsi le temps n'est ni corps, ni esprit, mais il est temps ; et comme le temps ne laisse pas d'être, quoi-qu'il ne soit aucune de ces choses, ainsi l'espace peut bien être sans être pour cela ni corps, ni esprit. » De cette façon, afin de justifier une abstraction qu'il réalise, l'abstraction de l'espace ou du vide, Pascal réalise une autre abstraction, l'abstraction du temps. A notre tour, nous demanderons à Pascal : qu'est-ce que l'espace ou le vide, sans quelque être qui soit spacieux? Et qu'est-ce que le temps sans quelque être qui dure? Newton et Clarke d'un côté, et, d'un autre côté, Leibniz, qui sont entrés à propos de la nature du temps et de l'espace en de si savantes controverses, Newton, Clarke et Leibniz s'accordaient du moins à reconnaître que ni le temps ni l'espace ne sont des réalités. En cela Newton, Clarke et Leibniz avaient raison. Le temps et l'espace sont des manières d'être ; ce ne sont pas des êtres. Nous ajouterons : qu'est-ce que le mouvement, sans quelque être qui se meuve ou qui soit mû? Par conséquent, le mouvement lui-même, qu'est-il sinon une propriété ou manière d'être? Mais il est nécessaire de s'arrêter à cette notion, en général si peu comprise et si mal définie du mouvement.

On a souvent reproché aux défenseurs de la théorie du plein, de se trouver hors d'état d'expliquer la possibilité du mouvement. Ainsi, les partisans du vide reconnaissent, il est vrai, que le mouvement d'une sphère sur son axe est possible dans le plein ; mais il n'en est pas de même, suivant eux, d'un mouvement direct et progressif. Ils soutiennent qu'un corps ne peut se mouvoir en ligne droite, s'il ne vient à occuper le lieu que remplissait un autre corps, et qu'en conséquence quelque circulation qu'on imagine, le mouvement ne pourra jamais commencer, à moins que le corps qui doit le premier céder la place, ne rencontre un vide où il se jette, afin de ne plus empêcher les mouvements des autres corps qui le pressent. Cependant, comme l'a judicieusement remarqué Gerdil dans son examen des principes de Locke, il suffit de consulter l'expérience pour avoir facilement raison de cette objection. L'eau, personne ne l'ignore, est composée de particules extrêmement ténues et si dures qu'elles paraissent absolument incapables d'être comprimées. Effectivement, qu'on remplisse d'eau une sphère creuse, formée d'une lame d'or très-mince, et qu'on la mette sous une machine à compression. On s'assurera, ce qui a été depuis longtemps expérimenté, qu'il est impossible de faire changer de figure à cette sphère pendant qu'elle est exactement pleine d'eau, et qu'ainsi l'eau ne peut être condensée. D'autre part, l'expérience démontre que si dans une bouteille remplie d'eau, on renferme un corps solide et pesant, une balle de plomb par exemple, et qu'ensuite, après l'avoir exactement bouchée, on renverse la bouteille, la balle de plomb ne laisse pas que de descendre et de traverser l'eau aussi librement qu'elle le ferait si la bouteille était ouverte. Or, quand cette balle commence à se mouvoir, et quelque chance d'erreur qu'on suppose provenir de l'état de l'eau, on demande où est l'espace vide assez considérable pour que les particules d'eau puissent s'y jeter et faire place à la balle ? Le mouvement dans le plein est donc possible en tous sens.

On aurait définitivement, ce semble, abandonné cette objection surannée qui se tire de l'incompatibilité prétendue du mouvement et du plein, si l'on s'était fait une plus juste idée à la fois du mouvement et du plein, du mouvement et du vide.

En effet, qu'est-ce que le vide ? Répétons-le, un pur néant. Qu'est-ce que le plein? L'être même des corps. Qu'est-ce que le mouvement ? Une propriété des corps, propriété aussi réelle que la longueur, la largeur et la profondeur ; propriété qui se transforme comme les autres propriétés des corps, et qui devient tour à tour, à l'égal du Protée antique, lumière, chaleur, électricité, magnétisme, affinité chimique, pesanteur. A ce compte, loin qu'il y ait entre le mouvement et le plein la plus légère opposition, le mouvement ne peut pas plus se concevoir sans le plein, que sans l'être la manière d'être. Il n'y a de réel que le plein. La conception du vide n'est qu'une négation de la conception du plein.

Sans doute les corps sont inertes, c'est-à-dire indifférents au mouvement et au repos. Mais ce serait se tromper grandement que d'entendre par inertie l'absence absolue de mouvement dans tous les corps, et non point uniquement la possibilité pour un corps d'éprouver certaines modifications qui ne viennent pas de lui, et que par lui-même il ne peut détruire. Au fond, le concept du repos, non plus que le concept du vide, n'est qu'un concept négatif. « Comme tout se meut pour l'œuvre universelle! s'écriait Gœthe, dans un poétique et profond langage. Comme toutes les activités travaillent et vivent l'une dans l'autre! Comme les forces célestes montent et descendent, et se passent de main en main les seaux d'or, et, sur leurs ailes d'où la bénédiction s'exhale, du ciel à la terre incessamment portées, remplissent l'univers d'harmonie! » Oui, tout est translation ou effort, ou mieux encore tout est simultanément

translation et effort. Le repos même pourrait être considéré comme une certaine détermination du mouvement
des corps, comme une action réelle par laquelle ils résistent à des mouvements égaux. Mais avant d'être impulsion et réaction, d'où résulte la translation, le mouvement est effort ou action. Il est la manifestation d'une
force interne de l'être qui tient à l'essence même de
l'être. D'ailleurs, à parler exactement, ni le dedans ni le
dehors n'existent, attendu qu'indépendamment des
corps, il n'y a pas de lieu qui contienne les corps, tout
corps étant à lui-même son propre lieu. Par cela même
qu'il est et qu'il n'est pas seul, tout corps agit donc et
réagit. Le système ou l'ensemble des corps constitue le
plein. A le bien prendre, le mouvement n'est que la
manifestation de forces qui sont inhérentes aux corps,
la lutte perpétuelle et le continuel échange de ces forces
dans le plein.

De la sorte, s'évanouissent sous le regard d'une raison sévère, les abstractions réalisées du vide ou de l'espace, du temps, du mouvement, fantômes obscurs de
l'imagination. L'espace n'est pas, le temps n'est pas, le
mouvement n'est pas. Ce qui est, ce sont des êtres spacieux ou étendus, temporaires, mouvants et mobiles. Et
ce quelque chose qui est spacieux, qui dure, qui se
meut et qui est mû, c'est la matière.

Cependant la matière elle-même est-elle? Et si elle
est, qu'est-elle? La matière ne serait-elle pas elle-même
et tout d'abord une abstraction réalisée? En un mot,
que doit-on penser de la matière?

« Connaître la matière en physique, écrit M. Chevreul, c'est savoir les propriétés essentielles dont elle jouit, l'étendue limitée et l'impénétrabilité ; ses propriétés générales telles que la pesanteur, la solidité, la liquidité, la gazéité, les phénomènes qu'elle manifeste quand nous la jugeons froide ou chaude, obscure ou frappée par la lumière, électrique ou magnétique. La physique étudie au point de vue général et abstrait. »

Tout autre est le point de vue de la chimie. « L'objet de la chimie, écrit encore M. Chevreul, est de ramener la matière à des types spéciaux, dont chacun est défini par un ensemble de propriétés qui n'appartiennent qu'à lui. L'individu chimique est composé d'atomes qui constituent un système défini dans leur nature spécifique, leur nombre, leur arrangement. Ce système est la molécule. »

Qui ne voit néanmoins que la molécule n'est qu'un individu improprement dit ? Pour trouver l'individu véritable, il faut passer de la matière inorganique à la matière organique, de la physique et de la chimie à la botanique et à la zoologie. Seules en effet la botanique et la zoologie nous offrent d'indivisibles organisations ou germes, qui, en vertu d'un pouvoir intérieur et du rapprochement des sexes, bien plus que sous l'action d'influences du reste indispensables, passent par une série de déterminations régulières, dont le terme est fatal, et du sein desquelles procèdent les simples vivants et les animaux. « *Lapides crescunt*, disait Linnée, *vegetabilia crescunt et vivunt ; animalia crescunt, vivunt et sentiunt.* « Les pierres croissent ; les végétaux croissent et vivent ; les animaux croissent, vivent et sentent. » Ainsi des propriétés, des affinités, des fonctions, voilà ce que manifeste la matière.

Est-ce également à la matière que doivent être rapportés les instincts, les facultés, et, comme le voulait de Tracy, ne faut-il voir dans la pneumatologie, dans la psychologie, en un mot dans la philosophie, qu'une partie de la zoologie?

Cette question en suppose une autre qui est préliminaire. Comment en effet ne point se demander, avant tout, quelle est la nature du sujet où des propriétés se déploient, où se révèlent des affinités, où s'accomplissent des fonctions ? Sous ces manifestations diverses, y a-t-il et n'y a-t-il qu'un fonds commun, qu'une masse commune, qu'on nomme la matière ? Ou bien ces manifestations ne peuvent-elles résulter que des combinaisons certaines d'éléments irréductibles, dont l'ensemble est désigné par l'appellation générale de matière ?

La théorie de l'unité de masse, de l'unité de matière, conséquemment de l'unité de force semble, au premier abord, emporter avec soi une évidence d'intuition, que la science n'a plus qu'à confirmer.

Toutefois rien n'est moins solide qu'une pareille théorie. Examinée de près, elle ne se trouve être qu'une illusion des sens, comme elle reste, en définitive, quand on s'y attache, une illusion de la science.

Telle a été jusqu'au XVIe siècle, l'illusion des alchimistes. Telle est, de nos jours, l'illusion des hétérogénistes. Après avoir rêvé la transmutation des métaux, les chrysopoètes, les chercheurs de pierre philosophale ou d'or potable concluaient d'expériences mal faites que leurs rêves pourraient se réaliser ; de même que d'expériences mal faites, les hétérogénistes concluent que le jeu de molécules inorganiques peut spontanément donner naissance à des organes, à des vivants, à des animaux. Si les alchimistes ne s'étaient pas trompés, si les hétérogénistes ne s'égaraient pas, il serait nécessaire que la matière fût une. L'alchimie, l'hétérogénie impliquent l'unité de la matière ; **car** c'est, en somme, à la seule diversité dans la matière, de la quantité et de la disposition, que l'alchimie et l'hétérogénie attribuent la diversité des manifestations de la matière. Or, qu'on y réfléchisse ! Prétendre de la quantité et de la disposition de la quantité, qui, au fond, n'est que la quantité même, quand cette quantité est identité; prétendre de la quantité seule tirer la diversité plus que numérique, ou la diversité qui est qualité, n'est-ce pas avoir la prétention de tirer de l'être ce que l'être ne renferme pas ? Il y a là toute autre chose qu'une création, toute autre chose qu'une audacieuse et heureuse violation du vieil adage, « *ex nihilo nihil.* » Il y a là une flagrante et insupportable contradiction. A ce compte, tout pourrait naître de tout.

> *« . . . . Ex omnibu' rebus*
> *Omne genus nasci posset ; nil semine egeret.*
> *E mare primum homines, e terra posset oriri*
> *Squammigerum genus, et volucres ; erumpere cœlo*
> *Armenta, atque aliœ pecudes . . . .*
> *. . . . . .Genus omne ferarum*
> *Incerto partu, culta ac deserta teneret ;*
> *Nec fructus iidem arboribus constare solerent,*
> *Sed mutarentur : ferre omnes omnia possent. »*

Le génie de Lucrèce répugnait invinciblement à des conséquences, que l'imagination des modernes n'a pas toujours su repousser. Il paraissait impossible au chantre de la nature des choses de ne pas reconnaître dans cette nature même des principes éternels, mais diversifiés.

« .... *Nequeunt ex omnibus omnia gigni,*
Quod certis in rebus inest secreta facultas,
.... *Inter se quia nexus principiorum*
Dissimiles constant, æternaque materies est. »

La science, la vraie science s'accorde avec Lucrèce pour proclamer sinon l'éternité, du moins la diversité des principes des choses. Car la chimie qui depuis long-temps a condamné l'alchimie, condamne d'une façon tout aussi péremptoire l'hétérogénie qui n'est qu'une sorte d'alchimie restaurée.

En chauffant du plomb calciné dans une coupelle faite de cendres ou d'os pulvérisés, les alchimistes avaient obtenu quelques gouttelettes d'argent pur. Dès lors, ils se croyaient en droit d'affirmer que le plomb se transmute en argent. Les alchimistes ignoraient que la coupelle absorbant l'oxyde ou chaux de plomb, les par-celles d'argent contenues dans le plomb devaient néces-sairement apparaître.

En isolant des liquides dans un vase par le feu le plus intense et la fermeture la plus exacte, les hétéro-génistes, au bout d'un certain temps, ont invariable-ment obtenu des animalcules. Dès lors, ils se sont crus en droit de soutenir que le fait des générations sponta-nées est irréfragable. Les hétérogénistes ne reconnais-sent point ou s'obstinent à ne pas avouer que leurs manipulations les plus précautionnées laissent toujours place à quelque infiltration de l'air, qui toujours aussi charrie avec soi des germes; de telle sorte que c'est toujours du vivant que naît et ne peut pas ne pas naître le vivant: « *Omne animal ex ovo, omne vivum ex vivo.* »

Il s'en faut d'ailleurs beaucoup que les progrès de la vraie science ou de la chimie n'aient abouti qu'à une critique purement négative. Non-seulement la chimie moderne ne laisse plus de place par ses démonstrations à d'anciennes erreurs cent fois répétées. Mais avec une sagacité qui tient du prodige, elle nous fait pénétrer chaque jour davantage dans les secrets les plus intimes de la constitution même des corps. C'est ainsi qu'elle nous a successivement révélé ces propriétés des corps, qui se nomment l'équivalence, l'isomérie, l'isomorphisme, la polarité. D'un côté, il est constant que « la molécule réalise toujours un polyèdre géométrique régulier, si bien que connaissant la position de chaque atome dans un polyèdre, on peut suivre en quelque sorte de l'œil les évolutions des atomes, et se graver dans la mémoire la vraie forme de chaque molécule, qui revêt ainsi un symbole impérissable. » D'un autre côté, il est avéré que « les quantités différentes d'un même élément qui entrent dans la composition d'un corps sont des multiples ou des sous-multiples; combinaisons binaires simples ou doubles, ou combinaisons binaires avec un corps simple dans les substances inorganiques; combinaisons qui, dans les substances organiques, résultent de trois, quatre éléments au plus, unis d'une manière immédiate, sans avoir d'abord formé une combinaison binaire. » — De là, la belle loi des équivalents ou des substitutions, d'où il suit que deux substances se combinant avec une troisième, les quantités ou poids de ces deux substances gardent un rapport constant. — Que l'on combine de diverses manières, dans des corps de même composition, les éléments qui les composent, et ces corps offriront des propriétés différentes. C'est en quoi consiste l'isomérie. — Ou encore, que l'on combine de la même manière le même nombre d'atomes, et l'on verra se produire la même forme cristalline qui, de la sorte, dépendra uniquement du nombre et de la position relative des atomes et nullement de leur nature chimique. C'est en quoi consiste l'isomorphisme. — Enfin n'a-t-on pas distingué, dans un même agent physique, chaleur, lumière, électricité, magnétisme, deux efficacités réunies mais différentes, et qui s'opposent en suite même d'une différence de situation ? C'est en quoi consiste le polarité.

Certes, la chimie a ses merveilles, et les merveilles de son. analyse se redoublent en quelque façon, de nos jours, dans les merveilles de sa synthèse. Qui ne sait en effet que des corps que l'on croyait naguère ne pouvoir être constitués qu'à l'aide de substances végétales et animales, s'obtiennent aujourd'hui avec les seuls matériaux que fournit la nature inorganique ? Non-seulement on tire du charbon de terre : de l'alcool et de précieux parfums ; des graisses ou de l'ardoise : de la bougie ; de l'huile de goudron : l'aniline ; de la craie et de l'esprit de nitre : le phosphore ; du peroxyde de manganèse chauffé avec de l'acide sulfurique et de la sciure de bois : l'acide formique. Mais avec de l'amidon, traité par l'acide sulfurique on produit le sucre de raisin; avec de l'acide nitrique et de l'acide oxalique : du sucre de canne; en faisant réagir de l'ammoniaque sur des acides : des amides; en le faisant réagir sur des matières oxygénées: des alcalis organiques, la leucine, la glycolammine, et jusqu'à une matière qui existe naturellement dans l'urine de l'homme, jusqu'à l'urée ! Aussi la chimie en vient-elle parfois à ne plus borner ses prétentions. Il lui semble possible de dissoudre à son gré, ou de restituer l'univers, et ses espérances se changeant en imaginations délirantes, l'homme même lui paraît un sujet, qu'à une certaine heure il lui sera donné de créer. Elle se persuade, à la lettre, qu'elle fera enfin sortir Homunculus de la fiole de Wagner.

Ne nous laissons pas éblouir à ces prestiges de la science, et ne partageons point des rêves insensés.

Une science qui s'abuse peut bien méconnaître les limites infranchissables du cercle où elle se meut, quoique d'un mouvement indéfini autant que fécond. La vraie science, sans vain découragement comme sans illusion ambitieuse, subit la nature des choses en s'y accommodant.

Que l'on enfle autant que l'on voudra le passé de la chimie; que l'on élargisse comme à plaisir les horizons de son avenir. La chimie, par ses découvertes, a-t-elle effacé, réussira-t-elle à abolir un jour l'ancienne et inviolable distinction qui sépare de la matière inorganique la matière organique ? Nullement. Les progrès de la chimie ont expressément consisté à mieux démêler que dans la matière organique entrent des éléments qui lui sont communs avec la matière inorganique : de l'hydrogène, par exemple, de l'oxygène, de l'azote, du carbone, du silicium, du soufre, des métaux. Elle est parvenue, en conséquence, à reproduire au moyen de combinaisons admirablement devinées et ménagées, quelques échantillons de la matière organique. Mais est-elle arrivée, arrivera-t-elle jamais à produire un organe, un tissu, un germe, une cellule, une fonction, en un mot cet élément suprême qui est la vie, éther ou fluide vital peu importe ; cette force qui, suivant l'expression de Cuvier, « contraint tout ce qu'elle s'assimile à marcher dans le même sens qu'elle, et à revêtir sa forme ? » Les chimiâtres ont contre eux les organiciens, les nervistes, les vitalistes, les animistes, et ce qui décide tout, ils ont contre eux la nature des choses.

C'est effectivement céder à un préjugé qui devient d'autant plus inexplicable qu'on l'examine davantage, d'imaginer que tous les êtres qui peuplent le monde, soient sortis d'une même et unique masse diversement disposée et pétrie. Le corps organisé renferme sans doute des éléments que comprend déjà le corps inorganique, et le simple vivant, à son tour, possède déjà ce qui se retrouve dans l'animal. Mais comment se refuser à admettre que les éléments de l'animal sont irréductibles aux éléments du simple vivant, et ceux du vivant aux éléments du corps inorganique ? Le monde ne résulte point de la diffusion ou expansion d'une force homogène. Il est la disposition harmonieuse, la réduction à l'unité de forces qui ne se combinent que parce qu'elles diffèrent.

Il y a plus. Non-seulement la science, la vraie science est obligée de constater que tous les éléments de l'animal ne sont pas réductibles aux éléments du simple vivant, non plus que tous les éléments du vivant. aux éléments du corps inorganique; mais cette irréductibilité s'impose d'abord à elle dans le domaine même des corps non organisés. Que sont en effet les résultats de la synthèse chimique? Comme la contre-épreuve des résultats de l'analyse chimique. Or, que sont les résultats de l'analyse chimique? Tendent-ils à établir que les corps ne présentent que des combinaisons diversifiées des molécules d'une matière unique? En aucune façon. Car si l'isomérie, si l'isomorphisme, si la polarité prouvent que de la diversité de position dépend une diversité de manifestation ; l'isomérie, l'isomorphisme, la polarité, au lieu d'exclure, impliquent la diversité même des éléments disposés. Le temps n'est plus, où on pouvait ne voir dans tous les corps que des modifications ou états allotropiques de l'air, de la terre, de l'eau et du feu; ce qui, aussi bien, attestait déjà quelque diversité. En chassant le phlogistique de Stahl, l'analyse chimique de Lavoisier a maintenu la distinction rigoureuse des solides, des liquides et des gaz, et dans ces corps mêmes, entre eux si différents, assigné des éléments simples, distincts, spécifiques. Que le simple d'aujourd'hui devienne d'ailleurs demain le composé, et avec la complexité de la composition s'accroîtra, loin de s'évanouir, la multiplicité de la simplicité.

Ainsi la science expérimentale proteste contre la doctrine de l'unité de matière ou de masse, qui entraînerait l'unité de force. Elle distingue, à cette heure, jusqu'à soixante et une substances simples, ou corps simples. La logique, d'un autre côté, se trouve ici d'accord avec l'observation.

Qu'est-ce, en effet, que l'idée de matière ? Et comment l'esprit humain en est-il venu à concevoir cette notion ? C'est ce dont il est aisé de se rendre compte.

Pour prodigieuse que soit leur variété, les corps sont tous étendus, impénétrables, figurés, mobiles. Distincts par leurs qualités secondes, ils présentent tous les mêmes qualités primaires, comme aussi dans tous les corps, sous le flux et le reflux des qualités secondes subsistent les qualités primaires qui constituent l'essence même des corps. C'est précisément cet ensemble de qualités primaires, qui se retrouve toujours et partout où il y a des corps ; c'est ce quelque chose d'étendu, d'impénétrable, de figuré, de mobile, commun à tous les corps, dont l'idée est devenue l'idée même de la matière. D'autre part, l'idée de la matière une fois ainsi conçue, on s'est laissé aller à penser que de cette matière, façonnée diversement, procédait la diversité même des corps.

Là est l'erreur profonde. Car s'il n'y a pas d'être sans essence, les essences ne sont pas des êtres. Et effectivement, qu'on veuille bien y penser. Ou ce quelque chose d'étendu, d'impénétrable, de figuré, de mobile est la matière première d'Aristote, la table rase de Locke, et alors ce quelque chose n'existe pas ; on ne conçoit pas même qu'il puisse exister. Car qu'est-ce que le pur étendu, le pur impénétrable, le pur figuré, le pur mobile, sans une certaine détermination de l'étendue, de l'impénétrabilité, de la figure, de la mobilité? Une chimère. Comment d'ailleurs de l'indétermination qui est identité absolue, tirer la diversité? Comment de l'étendue, de l'impénétrable, du figuré, du mobile, tirer les corps avec leurs propriétés innombrables? Ce serait, à l'exemple de Hegel, tirer du non-être l'être. C'est pourquoi ceux qui ont cherché la substance sans les accidents, l'être sans les manières d'être, en un mot la table rase, ne l'ont pas trouvée, et ne l'ayant pas trouvée parce qu'ils cherchaient ce qui n'est pas, en sont venus à déclarer, comme Hume, que la substance n'existe pas. En ce sens, Maine de Biran était parfaitement fondé à soutenir « que la monadologie contient plus de vérités d'expérience que toute la philosophie du dix-huitième siècle. » Ou ce quelque chose d'étendu, d'impénétrable, de figuré, de mobile est le chaos, et alors, puisqu'il n'existe plus, on est porté à se demander comment il a cessé d'exister, se fixant par des successions calculées qui sont des progrès, à un point où semble éclater un ordre immuable. Car le chaos qui est étendu, figuré, étant par cela même nécessairement fini, et les combinaisons de ses éléments se trouvant, à leur tour, finies comme ces éléments même sont finis, c'est ne pas s'entendre que d'affirmer que le monde actuel est le dernier résultat de combinaisons infinies. Comme si un dernier résultat, où il n'est guère permis de ne pas voir un résultat définitif, n'excluait pas l'infinité des combinaisons! Aussi bien, qu'est-ce qu'a pu être le chaos? Rien, indépendamment des corps, dont l'ensemble même constituait le chaos.

L'idée d'étendue, d'impénétrabilité, de figure, de mobilité est une idée générale. L'idée de chaos est une idée collective, c'est-à-dire encore une idée générale. Or, toute idée générale est une idée abstraite.

Soit donc qu'on ramène l'idée de matière à l'idée métaphysique d'étendue, d'impénétrabilité, de figure, de mobilité ; soit qu'on la ramène à l'idée poétique de chaos, l'idée de matière n'est qu'une idée abstraite. Attribuer un être à la matière, c'est par conséquent créer une entité, réaliser une abstraction. La matière n'existe pas. « La matière prise comme idée, observe très-bien M. Charles de Rémusat, est plus près d'exister que comme sensation. » Et mieux encore : « l'idée de la matière, c'est la matière.»

Dirons-nous que ce qui existe, c'est l'atome? Pas davantage. Ce serait substituer à uné idée générale une autre idée générale, et, pour se garder d'une abstraction réalisée, réaliser une autre abstraction. Non plus que la matière, l'atome n'existe pas. Ce qui existe, ce sont des corps ; ce qui existe, ce sont des atomes, dont les agrégats ou molécules produisent les corps. Mais qu'est-ce qu'un atome?

« Si j'en étais le maître, écrit M. Dumas, j'effacerais le mot atome de la science, persuadé qu'il va plus loin que l'expérience; et jamais en chimie nous ne devons aller plus loin que l'expérience. — La chimie coupe des atomes que la physique ne peut couper. — Les forces de la nature ont des bornes sans doute; mais quand nous sera-t-il permis de dire avec certitude : c'est là que sont les bornes assignées par une sagesse infinie aux forces de la nature? »

« L'atome, écrivent d'autres savants, MM. Robin et Littré, l'atome n'est qu'un artifice logique. »

Ce langage est, suivant qu'on l'interprète bien ou mal, raisonnable ou déraisonnable.

Il est raisonnable, s'il signifie que la science se résolvant dans un perpétuel devenir, on ne saurait, en aucun cas, à aucun moment, affirmer qu'on est arrivé à l'atome. Ainsi rien n'empêche qu'on ne prenne les atomes chimiques que pour des composés d'atomes vrais ou premiers, dont l'atome chimique serait le groupe ou la molécule.

Ce langage, au contraire, est déraisonnable, s'il signifie qu'il n'y a pas d'atomes. Or, sans qu'on y réfléchisse, c'est là ce que le plus souvent on veut dire. Si effectivement il n'y a pas d'atomes, qu'y a-t-il? Car encore faut-il qu'il y ait quelque chose.

Une fois de plus, qu'est-ce donc qu'un atome?

Kant ne se trompait point lorsqu'il ne voyait dans l'espace et le temps que deux catégories. Son erreur a été de croire que les catégories sont comme des moules qui déterminent les objets, au lieu que ce sont les objets qui déterminent comme les moules qui sont les catégories. Il a erré en imaginant que ce sont les abstractions que nous imposons aux réalités, tandis que ce sont les réalités qui nous suggèrent les abstractions.

Le temps et l'espace sont, il est vrai, des abstractions. Mais il n'y en a pas moins de l'objectif dans le temps et l'espace. Car le temps et l'espace ne sont des abstractions que parce qu'ils sont détachés de certaines réalités. Ces réalités, pour ce qui est de l'univers physique, ce sont les atomes. Le fait de l'existence des atomes, ou la collection de leurs durées, voilà le temps. Leur essentielle manière d'être, ou leur étendue, voilà l'espace.

Mais ce ne sont là que les préliminaires de la notion de l'atome.

Descartes, en faisant de l'atome une simple étendue, renouvelait les vaines imaginations d'Epicure et confinait au néant. Leibniz assure la vraie notion de l'atome en restaurant l'entéléchie, c'est-à-dire l'idée de force, dont l'idée de mouvement n'est qu'une traduction particulière. « Dans la nature des corps, écrit-il, outre la grandeur et le changement de la grandeur et de la situation, c'est-à-dire outre les notions de pure géométrie, il faut mettre une notion supérieure qui est celle de force, par laquelle les corps peuvent agir et résister. La notion de force est aussi claire que celle de l'action et de la passion ; car c'est ce dont l'action suit, lorsque rien n'empêche l'effet, *conatus*. Il y a là un beau mélange de métaphysique, de géométrie et de physique. » Mais Leibniz, de son côté, a tort contre Descartes, en réduisant l'étendue à un concept.

L'étendue sans la force est abstraction; la force sans l'étendue n'est pas matière. Sans la force, la matière ne serait que la pure étendue, c'est-à-dire encore une fois, l'atome d'Epicure, un néant. D'un autre côté, la force sans la matière ne serait que la force sans l'étendue, c'est-à-dire la monade leibnizienne, l'immatériel. Ce serait passer de la physique à la pneumatique. Sans doute l'atome peut être considéré, en raison même de la force qui lui est essentielle, comme l'analogue de l'âme, mais non comme l'âme. Si en effet toute matière est force, toute force n'est pas matière.

« Je donne pour définition de l'être, que ce n'est autre chose qu'une puissance, » avait écrit excellemment Platon dans le *Sophiste*.

Aristote survenant compromit d'une manière presque irréparable par sa distinction de la matière et de la forme la vraie notion de matière. Cette distinction toute abstraite a été prise effectivement pour une distinction réelle, et de la conception péripatéticienne de la forme sont résultés les accidents péripatéticiens. Cette distinction, cependant, est interversion des termes mêmes qui l'expriment. Car, en réalité, ce n'est pas la matière, telle que l'entendait Aristote, qui est la matière, et la forme qui est la forme. La matière, en tant qu'étendue, est la forme, tandis que la force est l'être même ou la la matière qui est informée.

En résumé, l'atome est une force qui est ou qui dure, d'où le temps; qui a pour manière d'être, d'être étendue, d'où l'espace.

Serait-ce donc qu'il y aurait incompatibilité, contrariété, entre l'idée de force et l'idée d'étendue? Examinons.

Remarquera-t-on que l'étendue a pour caractère de tomber sous l'imagination, non la force? C'est, à d'essentiels égards, confondre l'étendue avec la couleur. Dira-t-on que l'étendue a trois dimensions, dont aucune ne convient à la force? Mais qu'est-ce alors que la profondeur? Ajoutera-t-on que l'étendue est inerte; la force, active? Cela revient simplement à dire que de l'étendue ne saurait se déduire la force; que l'étendue et la force se distinguent, quoique inséparables ; ou encore, que sans la force, dans les corps l'étendue n'est qu'une abstraction réalisée. Objectera-t-on enfin que l'électricité, par exemple, est un corps, que l'éther est un corps, sans qu'on en perçoive l'étendue? Percevoir n'est pas concevoir, et sans étendue, ni l'électricité, ni l'éther ne se peuvent concevoir. Tout corps, tout atome suppose l'étendue. Ainsi l'atome est étendu, comme le voulait Descartes; il est en même temps, comme le voulait Leibniz, une force. L'atome est une force matérielle, c'est-à-dire un être étendu.

Ce n'est pas tout.

L'atome, comme l'affirme obscurément Descartes et à l'encontre de Leibniz, l'atome n'est pas seulement mû ; il se meut d'un mouvement interne, pour s'agréger par ses affinités, qui sont ses puissances ou sa force. L'impénétrabilité de l'atome, ou la force et l'étendue, c'est l'être même et la manière d'être essentielle de l'atome. Mais l'être qui est l'atome se combine aussi, se mélange, s'amalgame par ses autres manières d'être. La nature est dynamisme, non mécanisme, ou du moins le mécanisme ne fait que s'y superposer en quelque façon au dynamisme. L'atome, en outre, comme le professe à l'encontre de Descartes Leibniz, l'atome est, en vertu du principe des indiscernables, *sui generis*, spécifique, et il n'est qu'à cette condition.

C'est là un point sur lequel il convient d'insister.

« Quel que soit le nombre des éléments, écrivait

Boyle, on démontrera peut-être un jour qu'ils consistent dans des corpuscules insaisissables, de forme et de grandeur déterminées, et que c'est de l'arrangement de ces corpuscules que résulte le grand nombre de composés que nous voyons. Si avec des briques de même dimension et de même couleur, nous construisons des ponts, des routes, des maisons, par un simple changement dans la disposition de ces matériaux de même espèce, quelle multitude de composés ne doit pas produire le groupement varié de ces corpuscules primitifs que nous ne supposons pas tous d'égale forme comme des briques! »

Le doute de Boyle a fait fortune, et la science s'est chargée, dans une certaine mesure, de le vérifier. Il a été reconnu, en effet, que pour chaque espèce de matière, les atomes ont un poids invariable, de telle sorte que leur combinaison résulte non de la pénétration, mais de la juxtaposition. C'est là ce que porte cette loi que déjà nous avons admirée, la loi des proportions fixes ou équivalents, ou encore la loi des substitutions. Toutefois s'ensuit-il qu'il faille admettre, et Boyle croyait-il implicitement qu'il n'y a que des atomes simples, inégaux seulement par la forme, mais diversement combinés ; particules dispersées à un premier moment, puis réunies, d'une matière unique ? Dans cette hypothèse même, n'y aurait-il pas à se demander à quoi tient la constance des combinaisons ? Les vrais composés étant caractérisés par l'invariabilité des rapports suivant lesquels leurs éléments se combinent, ne devrait-on pas du moins reconnaître avec Proust « que tous les corps de la nature ont été faits à la balance d'une sagesse éternelle ? » Mais quoi ! ne parlons pas même de la vie. Prétendre que des ondulations d'un fluide impondérable émergent par attraction ou répulsion, par concentration ou dilatation, la lumière, le calorique, l'électricité, le magnétisme ; affirmer que la différence des composés n'est due qu'à l'inégalité de forme, de grandeur, de texture, de mouvement des molécules élémentaires, n'est-ce pas se payer de mots ? Car, quelle est la cause de l'attraction ou de la répulsion, de la concentration ou de la dilatation ? D'où vient la forme, d'où procède la grandeur, d'où résulte la texture, d'où se produit le mouvement ? Une fois de plus, comment par l'isomérie seule expliquer la diversité des corps? La biologie ne saurait se confondre avec la chimie. Or, la chimie même pose déjà, dans ses affirmations les plus récentes, que chaque substance primordiale est formée par des atomes doués d'une énergie propre, en même temps que d'une aptitude particulière à la dépenser; la première propriété mesurant l'intensité, la seconde l'affinité. De là l'atomicité qui gouverne tous les modes de combinaison des corps. « Cette hypothèse des atomes, écrit M. Wurtz, forme aujourd'hui le fond commun des théories, la base assurée de notre système de connaissances chimiques. Elle prête une simplicité saisissante aux lois concernant la composition des corps ; elle intervient dans l'interprétation de leurs propriétés, de leurs réactions, de leurs métamorphoses ; elle fournira sans doute, plus tard, des points d'appui à la mécanique moléculaire. »

Par conséquent et en définitive, un être étendu, impénétrable, mobile, spécifique, voilà l'atome. Est-il nécessaire de répéter que l'atome, non plus que la matière n'existe pas? Il n'y a pas l'atome, il n'y a pas la matière. Il y a des atomes.

Cependant, s'il n'y a pas unité de matière, et que la matière ne soit qu'une abstraction, la théorie de l'évolution de la matière est ruinée. S'il n'y a que des atomes, il n'y a plus lieu qu'à des combinaisons. Les combinaisons se renouvellent, les atomes persistent. C'est précisément de cette persistance des atomes que l'on veut parler, quand on admet la permanence dans le monde d'une même quantité de matière et d'une même quantité de mouvement.

D'un autre côté, comment ne pas l'observer ? Si l'idée de matière se trouve en elle-même éclaircie par l'idée d'atome; par l'idée d'atome doivent se trouver également dissipées les obscurités qui s'attachent à l'idée de matière. Et en effet de la notion de l'atome résulte immédiatement, ce semble, la solution des trois problèmes, auxquels se ramènent en métaphysique toutes les questions relatives à la matière :

1° La matière est-elle indivisible ou divisible à l'infini ?

2° La matière est-elle éternelle ?

3° La matière est-elle capable de penser ?

Manifestement d'ailleurs ces trois questions, puisque la matière n'existe pas, doivent se traduire par les trois suivantes :

1° L'atome, un atome quelconque est-il indivisible ou divisible à l'infini ?

2° L'atome, un atome quelconque est-il éternel ?

3° L'atome, un atome quelconque est-il, une collection quelconque d'atomes est-elle capable de penser ?

Et d'abord l'atome est-il indivisible ou divisible à l'infini ? Définir l'atome par l'expression même d'atome, c'est avoir, en fait, résolu cette question. Répétera-t-on que cette expression d'atome est toute subjective ? Elle est subjective sans doute, mais elle est objective aussi. Nous ne pouvons assurément jamais nous flatter d'avoir atteint le simple. A la bonne heure. Mais s'ensuit-il que le simple n'existe pas ? Quoi qu'il en soit, la difficulté du problème se pose comme d'elle-même. L'atome est, par définition, indivisible. Cependant l'atome est étendu, et par définition, toute étendue est divisible. De là l'antinomie.

L'antinomie tomberait, si l'on prouvait que l'idée d'étendue n'entraîne pas nécessairement l'idée de divisibilité. Or, elle ne l'entraîne pas.

En effet, qu'est-ce que le composé ? L'agrégat d'éléments simples. Mais si le composé est étendu, comment le simple ne le serait-il pas ? Ne serait-ce point affirmer, comme le soutenait à tort et opiniâtrément Leibniz, que d'éléments inétendus peut résulter l'étendue ?

Au fond, l'antinomie qui s'élève entre l'indivisibilité et l'étendue n'est qu'apparente. Elle tient elle-même à une abstraction réalisée.

Sans doute abstractivement, il n'y a pas d'étendue qui ne soit indéfiniment divisible, de même qu'il n'y a pas de division qui n'admette à l'infini des subdivisions.

Mais on ne remarque pas qu'il s'agit alors d'une division purement idéale ou numérique.

Toute autre est la division du concret. Ce n'est point seulement parce que nous ne possédons pas des instruments assez délicats, que nous rencontrons dans les atomes des résistances insurmontables à une division infinie. Ces résistances, c'est la réalité même qui les constitue. Que l'on multiplie tant que l'on voudra les divisions et subdivisions, il ne se peut pas qu'elles ne soient supportées par la base de l'être, et la division nécessairement s'arrête là où, si un tel pouvoir était donné à l'homme, diviser ne serait plus diviser, mais anéantir.

On confond donc le composé qui est étendu et divisible parce qu'il est composé, avec le simple qui est étendu parce qu'il est matière, mais indivisible parce qu'il est simple, quand on affirme qu'il n'y a rien d'étendu qui ne soit divisible indéfiniment.

Ainsi, dans toute la rigueur du mot, que nous fassions de ce terme d'exactes ou d'inexactes applications, il y a des atomes. Car il y a des molécules; car il y a des composés; car il y a des corps. L'atome n'est pas simplement une force; encore moins l'atome est-il simplement un point géométrique; ce qui reviendrait, dans l'un et l'autre cas, à une abstraction. L'atome n'est une force que parce qu'il est un être, et il est un être indivisible parce qu'il est simple, étendu parce qu'il est l'élément générateur de composés étendus. Ne pas concevoir l'atome, ce serait concevoir le néant. Ce serait, comme le professait Leibniz, sans se bien entendre lui-même, « faire de la matière un phénomène réglé et exact. »

De la sorte, il a suffi de renverser la théorie de l'unité de matière, pour résoudre cette première question : la matière est-elle indivisible ou divisible à l'infini?

La seconde question : la matière est-elle éternelle ? se résout, comme la première, par la définition même de l'atome. C'est pourquoi, tant s'en faut qu'il soit vrai de prétendre avec M. Büchner, par exemple, « que la thèse de l'éternité de l'existence de la matière n'est plus discutée depuis longtemps, » parce que cette thèse serait définitivement établie, que depuis longtemps, au contraire, cette thèse devrait être abandonnée, parce qu'elle n'est qu'une hypothèse qui ne supporte pas l'examen.

Effectivement, lorsqu'on se demande si la matière est éternelle, on se demande si les atomes sont à eux-mêmes leur propre raison d'être. La question ne peut avoir d'autre sens. Car le temps, c'est le fait même de l'existence relative ; l'éternité, c'est le fait de l'existence absolue, sans précédent ou condition.

Or, que sont les atomes ? des êtres étendus mais simples, doués notamment d'une force commune de mobilité, mais diversifiés par des forces qui les spécifient.

Ainsi, on se trouve en présence d'un nombre indéterminé d'êtres qui se ressemblent par des caractères communs, mais qui diffèrent par des caractères spécifiques; d'un nombre indéterminé d'êtres, doués d'affinités qui rendent possibles mais qui n'expliquent pas leurs combinaisons.

Cela posé, comment ne faudrait-il pas à cette multiplicité une cause unique ? Qui a donné et maintient invariablement à chaque atome les puissances qui le spécifient ? Pour peu qu'on y réfléchisse, il n'y a pas lieu d'invoquer ici l'infinité de la matière. Car, outre que la matière n'existe pas, tout ce qui est matériel est étendu, et l'étendue et l'infinité impliquent. Mais si rien de ce qui est matériel n'est infini, tout ce qui est matériel ou tout atome a une détermination de grandeur. Cependant, cette détermination ne peut lui venir de son essence, puisque plus ou moins étendu, il est toujours matériel ou toujours atome. Aussi bien ne s'agit-il point seulement de la grandeur ou de la quantité, mais de la qualité de l'atome. Conséquemment, pourquoi l'atome est-il tel et non pas tel autre? Pourquoi reste-t-il tel et ne devient-il pas tel autre ? La raison de ce double pourquoi ne se trouve pas dans l'atome. Mais ce double pourquoi est le pourquoi même de l'être de l'atome. Car l'être de l'atome n'est rien sans ses manières d'être. Le fait de l'être ou l'existence de l'atome n'est donc pas un fait sans précédent ou condition; l'atome n'est donc pas éternel. Manifestement d'ailleurs, le précédent de l'atome ne peut pas être matériel ou atome. Car s'il était matériel ou atome, la question reculerait et ne serait pas résolue.

D'un autre côté, n'est-ce pas aussi en dehors des atomes qu'on est obligé de chercher le principe de direction qui préside aux combinaisons des atomes? « Il reste toujours à se demander, écrivait Cabanis, quelle puissance a imprimé leurs propriétés aux corps, et surtout en a combiné l'action réciproque de manière à leur faire produire ces résultats si savants et si bien coordonnés entre eux. » Effectivement, en accordant même qu'on n'eût point à s'enquérir d'où vient aux atomes le branle qui détermine leur inertie ; en admettant qu'ils se meuvent par attraction et non pas aussi et tout d'abord par impulsion, il reste toujours à expliquer le secret de leur arrangement. L'attraction requiert les positions. Or, étant donné un certain système de positions et de mouvements primitifs pour tous les atomes, à chaque série de positions et de mouvements primitifs devrait nécessairement correspondre une série différente de révolutions. Mais l'ordre actuel ne présente rien de pareil. Il n'y a pas d'ordre qui essentiellement résulte des qualités primitives de la matière ou des atomes. Loin de là, ces qualités se prêtent également à un nombre indéfini d'ordres divers. Cependant, parmi tous les arrangements possibles, qui a décidé et qui maintient un arrangement particulier ? De toute évidence encore, ce principe ne peut être atome. Comme donc il y a un créateur, il y a un moteur, un ordonnateur des atomes. Une fois de plus, la matière suppose l'immatériel; la matière suppose l'esprit. Ce n'est point assez pour expliquer le monde que de la matière, c'est-à-dire de l'étendue et du mouvement, de l'étendue et de la force. Leibniz, après Aristote, remarquait fort bien que l'esprit y est nécessaire. « *Mentem, materiam et motum sufficere ad explicanda mundi phenomena et causas eorum. Motus enim principium mens, quod et Aristoteli recte visum.* » *(Confessio contra atheistas.)*

Οὐδὲν ἀτάκτον τῶν φύσει καὶ κατὰ φύσιν, ἡ γὰρ φύσις αἰτία πᾶσι. τάξεως, τάξις δὲ πᾶσα λογὸς (*Phys.* 8. I.) Et lorsque Descartes, de son côté, s'écriait : « Donnez-moi de la matière et du mouvement et je ferai le monde, » c'est qu'il pensait qu'il pensait.

Mais si la matière suppose l'esprit, elle n'est pas l'esprit, et ainsi semble implicitement résolue la troisième difficulté qui consiste à savoir si la matière n'est pas capable de penser. Car il n'y a pas de pensée sans esprit, et la matière n'est pas esprit.

Cependant, l'homme qui est esprit, est aussi, par son corps, matière. L'esprit humain ne serait-il pas cette matière même autrement dénommée? La matière humaine ne serait-elle pas capable de pensée humaine ?

A priori il serait facile de répondre que pour être matière humaine, la matière humaine n'en est pas moins matière et que dès lors n'y ayant point de pensée sans esprit, et la matière n'étant pas esprit puisqu'elle suppose l'esprit, la matière humaine n'est point l'esprit humain.

Mais afin de mettre à son point cette réponse, qui est péremptoire, il est nécessaire de traduire cette question : la matière est-elle capable de penser? On sait comment la traduisait Locke. « Il nous est impossible, écrivait-il, de découvrir par la contemplation de nos propres idées sans la révélation, si Dieu n'a pas donné à quelque amas de matière disposé comme il le trouve à propos, la puissance d'apercevoir et de penser ; ou s'il a joint à la matière ainsi disposée une substance immatérielle qui pense. Car il n'est pas plus malaisé de concevoir que

Dieu peut, s'il lui plaît, ajouter à notre idée de la matière la faculté de penser, que de comprendre qu'il y a joint une autre substance avec la faculté de penser. »

Evidemment, cette traduction de l'énoncé du problème est à la fois peu logique et peu scientifique. Elle est peu logique ; car qu'importe ce qui pourrait ou ce qui aurait pu être, lorsqu'il s'agit d'expliquer ce qui est. Elle est peu scientifique ; car ainsi comprise, et sans qu'il y ait à s'arrêter à toutes les contradictions qu'ici elle impliquerait, l'intervention de Dieu n'est autre chose qu'un coup de théâtre qui supprime les difficultés, mais ne les résout pas.

Contrairement à l'opinion de Locke, c'est, avant tout « dans la contemplation de nos propres idées » qu'il convient de chercher la solution du problème qui consiste à examiner si la matière est capable de penser et si elle en est actuellement capable. Traduite d'une manière exacte, cette question revient d'ailleurs à la question suivante : des atomes sont-ils capables, un atome est-il capable de penser ? Effectivement la matière humaine, pour être matière humaine, encore une fois, n'en est pas moins matière, c'est-à-dire agrégat d'atomes.

Peut-être n'eût-on jamais songé à supposer la matière capable de penser, si, après avoir défini la matière par les atomes, on avait défini la pensée. Car tandis que les atomes sont essentiellement mouvement et étendue, qu'est-ce que la pensée ? La pensée ne serait-elle autre chose qu'un des modes du mouvement, une résultante du mouvement et de l'étendue ?

Descartes a beaucoup contribué à rendre confuse cette

expression de pensée. Mais parce qu'il l'avait rendue confuse, il a dû, pressé par les objections, l'éclaircir. Avec lui nous dirons que penser c'est sentir, concevoir, vouloir; la pensée c'est la sensation, le sentiment, l'idée, la volition.

Par conséquent et en dernière analyse, il s'agit de savoir si la sensation, le sentiment, l'idée, la volition peuvent être rapportés à l'atome. Ne parlons même que de la sensation.

Assurément il n'est pas vrai que tous les phénomènes compris sous la dénomination de pensée proviennent de la sensation, qu'ils ne soient que la sensation transformée. Mais ce qui est indubitable, c'est que la sensation est le premier phénomène qui se produise chez l'homme sous la dénomination de pensée. La sensation est l'antécédent, sinon toujours la condition de tous les autres phénomènes compris sous la même dénomination de pensée, de même qu'à son tour elle emporte toujours tous ou presque tous ces phénomènes. La sensation en effet ne va jamais sans quelque activité interne, non plus que sans quelque idée. Cependant il y a beaucoup moins dans la sensation proprement dite que dans le sentiment, l'idée, la volition. C'est pourquoi établir que la sensation ne peut être rapportée à l'atome, c'est à plus forte raison démontrer qu'on ne peut rapporter à l'atome el sentiment, l'idée, la volition.

Or, qu'est-ce que sentir et qu'est-ce que la sensation ?

Personne ne contestera que sentir ce soit être modifié en sachant plus ou moins obscurément qu'on est modifié.

La sensation est le fait même d'être modifié. Ainsi, avoir chaud ou froid, par exemple ; être affecté par le rude ou le poli, par le dur ou le mou, par l'odeur ou la saveur, par le son ou la couleur, c'est là ce qu'on appelle éprouver une sensation.

Cela posé, dirons-nous que la sensation appartient à l'atome ? Ou bien, avec Descartes, affirmerons-nous qu'il n'y a rien dans les corps qui corresponde à la sensation ? Ni l'un ni l'autre. Sans doute la sensation n'appartient pas à l'atome. Néanmoins il y a dans les corps ou agrégats d'atomes quelque chose qui correspond à la sensation ou qui la détermine. Ce sont les propriétés des atomes ou des corps. « La sensation, écrit Mueller, est la transmission à la conscience, non d'une qualité ou d'un état des corps extérieurs, mais d'une qualité et d'un état de nos nerfs, état auquel donne lieu une cause extérieure. Cette vérité nous mène à reconnaître que les différents nerfs de sentiments sont animés de forces spéciales indépendamment de la différence générale qui existe entre eux et les nerfs moteurs. » Cette définition, quelque instructive qu'elle soit, se trouve incomplète, ou plutôt inconséquente. Car ce n'est pas seulement de l'état de notre propre corps, mais aussi et en même temps de l'état des autres corps que nous avertit la sensation, tout en se distinguant de ces états mêmes.

Mais si le chaud ou le froid, le rude ou le poli, le dur ou le mou, l'odeur ou la saveur, le son ou la couleur ne sont pas dans les corps, comment seraient-elles dans notre corps ? Dans un corps, il n'y a rien de plus que grosseur, configuration, mouvement et arrangement des parties. Un corps n'est point savoureux, par exemple, pour un autre corps. En somme, la sensation suppose deux choses que trop souvent on confond : un sujet qui sent et dont la modification est sensation ; un objet qui est senti et dont les propriétés déterminent la sensation.

Parmi ces propriétés, les unes sont organoleptiques, les autres ne sont pas organoleptiques ; mais celles-ci sont inséparables de celles-là, et celles-là ne sont que les dernières ondulations de celles-ci. La distinction de ces propriétés n'est qu'une expression de rapports entre les autres corps et les organes qui constituent notre propre corps. Les organes ne sont que le milieu extrême, dans lequel, par l'ébranlement que produisent les propriétés ou les forces des atomes, se manifestent ces propriétés. Mais à qui se manifestent-elles ? Est-ce aux organes ? Les organes mêmes ne sont que des agrégats d'atomes ; ils ne sentent pas, ils sont sentis. Le sujet qui sent est profondément distinct de l'objet qui est senti ; l'objet senti est atome, le sujet qui sent n'est pas atome. L'atome ne peut sentir l'atome, c'est-à-dire éprouver une modification où n'entre point l'étendue, en sachant qu'il l'éprouve. Sentir, ce serait pour l'atome penser l'existence, et penser l'existence, ce serait, d'une certaine manière, réfléchir. Il n'y a sensation que là où il y a une sorte de conscience. La sensation, toute localisée qu'elle puisse être, exclut l'étendue. Or, quoique indivisible, l'atome est étendu. Aussi bien, alors même que chaque atome serait monade au sens où l'entendait Leibniz et sentirait son

existence comme le voulait Maupertuis, la collection de
ces atomes ne sentirait point son existence totale, non
plus que dans une armée de cent mille hommes, dont
chaque soldat sent sa propre existence, il ne serait
permis de dire que la collection de ces soldats se sent
exister comme chaque soldat sent son individualité
personnelle.

Il y a plus. Que l'on supprime le sujet qui sent, et
alors que sera l'objet senti? A coup sûr, si vous sup-
primez le sujet qui sent, l'objet senti n'en subsistera
pas moins, puisqu'ils sont deux, le sujet et l'objet.
Toutefois l'objet ne sera plus l'objet senti. Que devien-
nent dès lors le chaud et le froid, le rude et le poli, le
dur et le mou, la saveur et l'odeur, le son et la couleur? A certains égards, Berkeley avait parfaitement
raison de soutenir « qu'il était absolument impossible
et contradictoire qu'un être destitué de pensée existât
sans être actuellement perçu par un esprit. »

Faudrait-il donc faire de la sensation un des attri-
buts, un des phénomènes de la vie? « La vie, écrivait
Bichat, est l'ensemble des fonctions qui résistent à la
mort. » Tout ce qu'il convient de retenir de cette
définition singulière, c'est que la vie, comme la matière,
n'est qu'une abstraction réalisée. « La vie, écrit La-
marck, la vie n'est point un être, ni la propriété particulière d'aucune matière quelle qu'elle soit, non plus que
celle d'aucune partie d'un corps. La vie n'est autre chose
qu'un phénomène physique résultant de deux causes
essentielles, savoir : 1° d'un état et d'un ordre de choses
qui existent dans les parties du corps en qui on